LA NIÑA QUE ODIABA
LOS LIBROS

escrito por

Manjusha Pawagi

ilustrado por

Leanne Franson

Editorial Juventud

Érase una vez una niña que se llamaba Meena. Si buscarais lo que significa su nombre, encontraríais que quiere decir «pez» en antiguo sánscrito. Pero Meena no lo sabía, porque nunca buscaba nada en ningún libro. Odiaba leer, odiaba los libros.

«Siempre están estorbando», decía. Y era verdad, porque en su casa había libros por todos lados. No solo se encontraban en las estanterías o en las mesitas de noche, donde suelen estar los libros, sino también en todo tipo de lugares donde no es habitual que haya libros.

Había libros en los cajones y estantes de la cocina, en la alacena, en los armarios roperos, en el lavabo. Y los había en el sofá, en las escaleras, se amontonaban dentro de la chimenea e incluso se apilaban sobre las sillas.

Lo peor de todo era que sus padres iban llevando MÁS libros a casa. No paraban de comprar libros, de sacarlos de la biblioteca y de pedirlos por catálogo. Los leían mientras desayunaban, almorzaban o cenaban. Pero cuando preguntaban a Meena si quería leer, ella pataleaba gritando «¡*Odio* los libros!». Y cuando intentaban leerle algo en voz alta, se tapaba los oídos y gritaba aún más fuerte «¡ODIO LOS LIBROS!».

Probablemente solo existía una criatura en el mundo que odiaba los libros más que Meena. Era su gato Max. Mucho tiempo atrás, cuando Max era solo un gatito, le cayó un atlas sobre la cola. La punta quedó curvada como un limpia pipas. Desde entonces, el gato siempre ha procurado estar encima de los libros en vez de debajo de ellos.

Una mañana, Meena, después de haber sacado todos los libros del lavamanos para poder cepillarse los dientes, fue a la cocina para preparar su desayuno y el de Max. Se subió encima de una pila de enciclopedias para alcanzar el paquete de los cereales. Luego abrió el frigorífico y sacó un montón de revistas para poder alcanzar la leche. Se sirvió y echó un poco para el gato.

«¡Max! –llamó–. ¡Ven a desayunar!»

Pero Max no fue. Llamó otra vez.

«¡Max! ¡A desayunar!»

Seguía sin acudir.

«¿Dónde estará?», se preguntó. Lo buscó en la ducha y detrás de la lavadora, bajo las escaleras y encima del reloj. Encontró más libros, pero no encontró a Max.

De repente oyó un sonoro «¡Miaaauuuu!». Corrió hasta el comedor y allí lo vio, encaramado en la pila de libros más alta de la casa. Eran los libros que sus padres le habían comprado y que ella se negaba a leer. Abajo estaban los grandes álbumes de brillantes colores que le habían regalado cuando era pequeñita. Más arriba, los abecedarios y los libros de canciones, y encima de todo, casi tocando el techo, había cuentos de hadas y novelas de aventuras. Todos estaban cubiertos de polvo.

«No te preocupes, Max –le dijo Meena–. ¡Te voy a rescatar!»

Empezó a trepar por la columna de libros. Al principio era fácil, porque los álbumes tenían una tapa dura y para Meena era como subir escaleras. Pero cuando llegó a los libros de tapa blanda, su pie resbaló sobre un libro de poemas. Perdió el equilibrio y empezó a deslizarse.

¡PATAPAM! La pila se derrumbó. Los libros cayeron por todas partes, las tapas se abrieron bruscamente por primera vez, y las páginas se desprendieron.

Entonces empezaron a ocurrir cosas extrañas. Las personas y los animales salieron de las páginas dando volteretas, y acabaron en el suelo uno encima del otro, desparramando los libros y haciendo caer las sillas.

Aparecieron príncipes y princesas, hadas y ranas. Después llegaron un lobo, tres cerditos y un gnomo sentado en un tronco. Humpty Dumpty saltó por los aires y su cáscara se partió por la mitad; detrás venían Mamá Oca y una jirafa morada. También había elefantes, emús y elfos, mariposas, y un gran número de monos, todos enredados entre sí.

Pero sobre todo había conejos, cayendo por allí y por allá. Conejos de campo, conejos blancos y conejos con sombreros.

Meena estaba sentada en medio de todos ellos, demasiado sorprendida para moverse.

«¡Pensaba que los libros estaban llenos de palabras, no de conejos!», exclamó cuando salieron seis más rodando de un libro y se pararon a su lado.

El comedor estaba irreconocible. El elefante, en equilibrio sobre una mesita, hacía malabarismos con los platos de loza. Los monos habían arrancado las cortinas y se las ponían como capas. Y los conejos mordisqueaban las patas de la mesa.

«¡Basta! –gritó Meena–. ¡Volved!» Pero el alboroto, los ladridos y gruñidos eran tan estrepitosos que nadie la oyó.

Agarró el conejo más cercano e intentó meterlo dentro de un libro de cocina; pero el animal se asustó tanto, que se escapó de las manos de Meena y huyó. Al abrir otro libro, salieron volando cuatro patos. Meena volvió a cerrarlo de golpe.

«Esto no puede ser –dijo Meena–. No sé a qué libro pertenece cada personaje.» Se quedó pensando un minuto. «Ya lo tengo –dijo–. Preguntaré a cada uno dónde va.»

Empezó con una extraña criatura que no logró identificar. «¿Quién eres?», le preguntó.

«¡Soy un cerdo hormiguero!», dijo furioso el animal y se fue coceando en busca de la Enciclopedia del Mundo Animal.

Luego encontró un lobo sollozando debajo de la mesa del comedor y le preguntó de dónde venía. «No logro acordarme si soy de *Caperucita Roja* o de *Los tres cerditos*», se lamentó el lobo y se sonó la nariz con el mantel de la mesa. Pero Meena no podía ayudarle porque nunca había leído ninguno de los dos.

Entonces tuvo otra idea. Recogió el libro más cercano y empezó a leer en voz alta: «Érase una vez –empezó Meena–, en un país muy muy lejano...».

Lentamente, las criaturas dejaron de saltar, aullar, farfullar y parlotear. Se acercaron más y más para oír lo que seguiría. Pronto todos estuvieron sentados en círculo alrededor de Meena, escuchando su lectura.

Cuando llegó a la segunda página, los cerdos se levantaron de un salto.

«¡Ésos somos nosotros! –gritaron–. ¡Es nuestra página, es nuestro libro!»

Salieron del círculo, de un salto se subieron sobre el regazo de Meena y desaparecieron dentro del libro. Meena lo cerró de golpe antes de que los cerditos pudieran volver a salir.

Cogió otro cuento. Uno tras otro fue leyendo todos sus libros. Y una tras otra, todas las criaturas encontraron su sitio.

Finalmente, solo quedó en el comedor un conejito con chaqueta azul. Meena recogió cautelosamente un libro del suelo. Era *El cuento de Pedrito Conejo*. «Quizá pueda quedarme con este conejo», pensó. Empezaba a sentirse sola ahora que todos se habían marchado.

Pero el conejito estaba de pie, frente a ella, balanceándose nerviosamente sobre un pie y luego sobre el otro y frunciendo su vellosa nariz. Estaba ansioso por volver a casa.

Meena suspiró hondamente y abrió el último libro. El conejo entró en él de un salto y, con un destello de su blanca cola, desapareció.

La casa estaba silenciosa. Max, sentado encima de unos libros, se lavaba la cara. Meena volvió a suspirar. «¡Nunca más volveré a ver esos conejos!», dijo.

Entonces se dio cuenta de que los libros seguían allí, esparcidos alrededor de ella. Empezó a sonreír.

Cuando sus padres llegaron a casa aquella tarde, no podían dar crédito a lo que veían. No por el hecho de que las cortinas estuvieran arrancadas, los platos rotos y las patas de la mesa mordisqueadas. Sino porque allí, sentada en medio del comedor, estaba Meena. Y estaba leyendo un libro.